Eine alte Liebe

Die Autorin

Julia Weimar, Jahrgang 1999, lebt in der Nähe
von Gießen. Sie war als Verkäuferin tätig und
arbeitet inzwischen im Bürobereich. In ihrer
Freizeit ist sie kreativ. Sie malt gerne, liest viel
und schreibt seit ihrer Jugend fantasievolle
Storys, oft aus dem Genre *Romantik.* Die
vorliegende Erzählung berührt zudem den
Bereich Mystery und ist deshalb ein Experiment,
mit dem sie hofft, auch Leser phantastischer
Geschichten zu erreichen.

Eine alte Liebe

Die Schatten der Vergangenheit

Julia Weimar

Bibliografische Information der Deutschen Nationalbibliothek: Die Deutsche Nationalbibliothek verzeichnet diese Publikation in der Deutschen Nationalbibliografie; detaillierte bibliografische Daten sind im Internet über dnb.dnb.de abrufbar.

Die automatisierte Analyse des Werkes, um daraus Informationen insbesondere über Muster, Trends und Korrelationen gemäß §44b UrhG („Text und Data Mining") zu gewinnen, ist untersagt.

Lektorat: Wolfgang Wiekert

Verlag: BoD · Books on Demand GmbH, In de Tarpen 42, 22848 Norderstedt, bod@bod.de.
Druck: Libri Plureos GmbH, Friedensallee 273, 22763 Hamburg

ISBN: 978-3-7597-8448-3

Für Frau Bettendorf, Herrn Stadler und
Herrn Link, die immer an mich und an
meine Träume geglaubt haben.

Inhaltsverzeichnis:

Kapitel 1/
Mein früheres Leben   9

Kapitel 2/
Eine unmögliche Liebe   22

Kapitel 3/
Nicks Sicht   24

Kapitel 4/
Das Warten auf dich   27

Kapitel 5/
Das große Wiedersehen   30

Kapitel 6/
Das Geständnis   32

Kapitel 7/
Die gemeinsame Reise   34

Kapitel 8/
Die Liebe geht nie verloren   38

Kapitel 9/
Die Erinnerung kehrt zurück 46

Kapitel 10/
Die Liebe meines Lebens 54

Kapitel 1/ Mein früheres Leben

Die Erinnerung an Frederika Amalia

Schon mein ganzes Leben wusste ich, dass ich anders war als all die Menschen, denen ich im Laufe der Zeit begegnete. Was mich von ihnen unterschied, war die Tatsache, dass ich mich an meine vorherigen Inkarnationen erinnern konnte. Und ich hatte schon oft gelebt. Aber ein bestimmtes Leben, ging mir einfach nicht mehr aus dem Kopf. Die Erinnerungen an dieses eine bestimmte Leben, waren einfach zu ergreifend. Deshalb entschied ich mich, alles was ich darüber noch wusste, festzuhalten und in mein Tagebuch zu schreiben, bevor ich alles wieder vergaß.

Tagebucheintrag von Marie

In meinem früheren Leben, lebte ich in Waterloo/Belgien als französische Krankenschwester. Mein Name war Frederika Amalia. Ich half dabei, die verwundeten und schwer verletzten Soldaten, die nach der Schlacht von Napoleon in unser Krankenlazarett kamen, zu verarzten und zu operieren.

Die tragische Schlacht von Waterloo fand am 18. Juni 1815 statt. Viele verwundete Soldaten, die in der Schlacht gekämpft und überlebt hatten, kamen zu uns in die benachbarten Dörfer, damit sie sich erholen und ihre Wunden heilen konnten. An einem regnerischen Tag nach der blutigen Schlacht, wurde mir ein deutscher verwundeter Offizier ins Lazarett gebracht. Ich sollte die Brandwunden säubern und bandagieren, die er von einem großen Scheunenfeuer abbekommen hatte. Etliche Soldaten überlebten nach der Schlacht nicht, da sehr viele stark verletzt waren.

Auch mein Soldat, um den ich mich kümmern musste, war mit Brandwunden übersät. Er hatte das Feuer gerade so überlebt. Jeden Tag pflegte ich ihn, in der Hoffnung, dass er es schaffen würde, wieder gesund zu werden. Die Zeit mit ihm und den anderen Soldaten war von solch einer Intensität geprägt, dass sie unvergesslich blieb. Selbst wenn es überwiegend preußische Soldaten waren, auch sie hatten ein Recht darauf, ihr Leben nach der Schlacht weiterzuleben. Es waren auch nur Menschen. Die Herkunft eines Menschen zählte dabei nicht. Ich erlebte viele Soldaten, die keine Emotionen zuließen, die im Geiste immer noch bei der Schlacht waren.

Aber Konrad, der deutsche Offizier, war ganz anders. Er berichtete mir von der Schlacht und seinen Kameraden, die fast alle in der Scheune, wo sie sich verschanzt hatten, durch den Brand umkamen. Nur er und ein anderer Soldat konnten dem Feuer entkommen. Oft hielt ich seine Hand, während er mir davon erzählte. Hin und wieder sah ich ihn weinen, doch das geschah nur selten. Meine Familie, die auch aus Frankreich kam, hatte mir verboten, sich in einen Soldaten zu verlieben, der nicht aus dem eigenen Land kam. Aber das war mir egal, ich verliebte mich trotzdem in ihn. Auch stellte es kein großes Hindernis dar, dass wir nicht dieselbe Sprache sprachen, denn Englisch war unser Kommunikationsmittel.

Da meine Eltern einen hohen Rang hatten und gebildet waren, konnten sie mir eine Fremdsprache beibringen. Ich war die einzige französische Krankenschwester, die eine Fremdsprache beherrschte. Daher unterhielten Konrad und ich uns meistens auf Englisch. Aber er liebte die französische Sprache und die Kultur sehr. Und mich faszinierte das preußische Land auch, wäre da nur nicht die Schlacht mit Napoleon gewesen. Kriege waren immer etwas Schlimmes.

Ich wurde aus diesem Grund Krankenschwester, und wollte so die Welt ein bisschen besser machen. Selbst wenn es mir nicht möglich war, jeden Soldaten zu retten, hatte ich vielleicht die Chance, einem Einzelnen zu helfen, einfach dadurch, dass ich ihm beistand und für ihn da war. Manchmal war es im Leben so, dass man keinen Einfluss darauf hatte, in wen man sich verliebte, so auch bei mir. Je mehr Geschichten mir Konrad aus seinem Leben erzählte, desto mehr verliebte ich mich in ihn. So sehr ich mich auch bemühte, die Gefühle zu verdrängen, sie wurden immer mächtiger. Schließlich beschloss ich, sie anzunehmen und mich der Liebe vollständig hinzugeben.

Als er mir seine Empfindungen offenbarte, freute es mich natürlich, dass er solche auch für mich hegte. Gemeinsam beschlossen wir, nachdem seine Wunden wieder einigermaßen verheilt waren, ohne das Einverständnis meiner Eltern nach Brügge zu gehen, um dort ein besseres und glücklicheres Leben zu leben, mit dem Partner, den wir liebten. Ich ließ meine Familie und Freunde hinter mir, um noch einmal neu anzufangen. Mit einem Mann, den ich noch nicht so gut kannte und einer fremden Stadt. Aber ich besaß den Mut und die Zuversicht, dass es die richtige Entscheidung war, mit ihm fortzugehen. Er war die Liebe meines Lebens, das wusste ich schon von dem Moment an, als ich ihm im Lazarett begegnet war. Ich würde überall mit ihm hingehen, auch wenn es das Ende der Welt war.

Nachdem wir in Brügge angekommen waren, fassten wir den Entschluss, ein Haus am Hafen zu kaufen, um einen Neuanfang zu wagen. Mit Ende des Krieges plante Konrad, als Händler Mehl und Kaffee zu verkaufen. In unserem Haus gab es ein kleines Geschäft. Dort wollten wir versuchen, unser Geld zu verdienen. Konrad konnte seinen Dienst als Offizier nicht mehr antreten, da eine Knieverletzung, die nicht verheilte, ihn daran hinderte, wieder zu kämpfen. Er sprach nicht oft darüber, doch ich konnte spüren, wie sehr es ihn schmerzte, nicht mehr als Soldat in den Krieg ziehen und für sein Vaterland kämpfen zu können. Sein Weg im Leben hatte ihn an diesen Punkt geführt. Das alte Leben war vorbei. Dieses Kapitel war abgeschlossen. Nun musste er als Kaufmann seinen Platz in der Welt finden.

Mit voller Hingabe und Leidenschaft setzte ich meine Arbeit als Krankenschwester in einem Krankenhaus in Brügge fort. Brügge war eine malerische mittelalterliche Stadt mit schmalen Gassen und historischen Gebäuden. Kanäle zogen sich durch das Stadtbild, und die markanten Türme der Kirchen ragten in den Himmel. In den engen Gassen herrschte das geschäftige Treiben der Kaufleute und Reisenden, die die Stadt als wichtigen Handelspunkt der Region kannten und besuchten.

Normalerweise war es in diesen Zeiten üblich, dass die Frauen den Haushalt führten und die Männer arbeiten gingen. Aber unsere Beziehung war eine Beziehung auf Augenhöhe. Konrad verstand, dass es mir wichtig war, weiterhin verletzten Menschen zu helfen. Auch wenn wir uns tagsüber nicht sahen und erst abends wieder zusammen waren, freuten wir uns beide darauf, den anderen zu sehen. Und desto leidenschaftlicher wurden dann die Nächte. Wir wollten aneinander nicht mehr loslassen, dafür liebten wir uns zu sehr.

Mit Konrad erlebte ich meinen ersten Kuss und mein erstes Mal. Es war einfach atemberaubend. Der Kuss von ihm war magisch, das spürte ich sofort. Auch wenn wir uns noch nicht lange kannten, war da diese Vertrautheit zwischen uns, die ich mir einfach nicht erklären konnte.

Auch das erste Mal war etwas ganz Besonderes. Er sagte mir, dass er warten würde, bis ich bereit dazu war. Doch tief in meinem Inneren war mir bewusst, dass ich bereits bereit war. Ich sehnte mich danach, ihn in seiner vollen Intensität zu erleben. So kam es, dass er mich eines Abends einlud, mit einem kleinen Boot aufs Meer hinaus zu fahren, um dort in der Stille der Nacht zueinander zu finden. Es war das Romantischste, was mir bisher in meinem ganzen Leben passiert war. Die unvergessliche Nacht mit ihm würde für immer in meiner Seele leuchten, denn nachdem wir uns in inniger Zweisamkeit verbunden hatten, ging er unter dem funkelnden Sternenhimmel auf die Knie und machte mir ohne zu zögern einen Heiratsantrag. Überwältigt von Glück, mit feuchten Augen und einem strahlenden Lächeln, hauchte ich ihm voller Liebe zu: „Ja, ich will für immer dir gehören."

Ein Jahr nach jenem bewegenden Moment, voller Vorfreude auf diesen besonderen Tag, gaben wir uns in einer prachtvoll schönen Kirche, deren hohe Gewölbe und kunstvolle Fenster den Raum in ein sanftes, mystisches Licht tauchten, das Ja-Wort und stärkten unser unerschütterliches Band. Obwohl wir ursprünglich noch warten wollten, fühlte es sich einfach richtig an, vor dem Altar zu stehen, umgeben von Konrads Familie, während die Luft von festlicher Ehrfurcht erfüllt war, und unsere Liebe für die Ewigkeit zu besiegeln.

Seine Eltern waren sehr stolz, dass er endlich eine Frau an seiner Seite hatte, die ihn so liebte, wie er war. Ich freute mich für ihn, dass sie gekommen waren, um mit uns die Hochzeit zu feiern.

Die Eltern von Konrad waren sehr warmherzig und integrierten mich direkt auch in ihre Familie. Meine Familie erschien, wie erwartet, nicht zu unserer Hochzeit. Sie empfanden es als zu beschämend, dass eine Französin einen preußischen Offizier heiraten wollte. So kam es, dass meine Familie beschloss, mich auszustoßen und mich nicht mehr als einen Teil der Familie zu akzeptieren. Ab diesem Tag war ich für sie nur noch wie eine fremde Person. Für mich war das in Ordnung, da ich ja den Mann heiratete, den ich liebte. Und selbst, wenn es bedeutete, dass ich den Kontakt zu meiner Familie verlor, er war alles für mich und ich war alles für ihn.

Nach der Hochzeit kam seine Familie uns in Brügge regelmäßig besuchen, sogar, als ich schwanger wurde und wir unser erstes Kind bekamen. Es war ein Junge und wir nannten ihn Johann Christian, weil Konrads Vater auch so hieß. Sein Vater war sehr erfreut, dass wir unserem ersten Kind, seinen Namen gaben. Zwei Jahre später bekamen wir dann eine Tochter und wir entschieden uns, sie Elisabeth zu nennen, um seine Mutter zu ehren, da wir beide ihr für die liebevolle Aufnahme in die Familie danken wollten. Nach weiteren drei

Jahren Ehe war Konrad sehr erfolgreich in seinem Geschäft und verdiente sehr gut als Kaufmann, sodass wir unser Haus vollständig abbezahlen konnten.

In dieser Zeit wurde unser drittes und letztes Kind geboren. Wir nannten ihn Jakob. Den Namen durfte ich ihn geben. Ich benannte ihn nach einem berühmten Autor, den ich sehr mochte. Er schrieb über erfolgreiche Frauen, die ihren eigenen Weg gingen, was in dieser Zeit nicht üblich war.

Die Liebe zwischen Konrad und mir war einzigartig. Er empfand eine tiefe Liebe für mich und unsere Kinder. Er versuchte immer, für uns alle da zu sein. Er war ein liebevoller, fürsorglicher Vater und Ehemann. Auch in den Büchern die ich las, war stets die Rede von der ganz großen Liebe und genau das war Konrad für mich. Und das sollte sich auch nicht ändern, bis zu dem Zeitpunkt, als etwas sehr Tragisches geschah.

Als ich eines Abends von der Arbeit im Krankenhaus nach Hause kam, wollte ich meinen Mann in unserem Laden besuchen. Während ich mich auf den Weg machte und schon fast am Hafen vor unserem Laden war, geschah es. Ich hörte mehrere Schüsse, die aus weiterer Entfernung kamen, konnte aber nicht sehen, wer da geschossen hatte und auf wen.

Es fühlte sich an, wie ein Traum, etwas Unwirkliches, doch es geschah tatsächlich. Mein Mann Konrad lag tot vor unserem Laden. Jemand hatte ihn dreimal in die Brust geschossen. Jede Hilfe kam zu spät. Sehr viele Menschen standen vor dem Laden und beobachteten, was gerade vor ihren

Augen geschah. Der Ladendieb, der auf ihn geschossen hatte, entkam.

Ich stürzte sofort zu ihm hin, kniete mich neben ihn und legte meine Hände an sein Gesicht, so vertraut und doch so fremd in dieser Kälte. Ich küsste ihn in dem Glauben, ein Wunder bewirken zu können, doch er blieb still.

Kein Atemzug belebte seinen Körper, kein Herzschlag kehrte zurück.

Sein friedlicher Ausdruck war ein Abschied ohne Worte. Mit einem letzten Kuss ließ ich ihn los. Er war gegangen. Für immer.

Ohne ihn weiterzuleben war keine Möglichkeit für mich, nicht, weil ich es nicht wollte, sondern weil ich es schlichtweg nicht konnte. Mit seinem Tod war etwas in mir gestorben, etwas, das ich nicht benennen konnte, das aber alles in mir leer und kraftlos gemacht hatte. Mein Herz fühlte sich an wie ein zerbrochenes Gefäß, das nichts mehr halten konnte, weder Freude noch Hoffnung, nicht einmal den Schmerz in seiner reinsten Form. Es war nur ein endloses Nichts.

Die Tage nach seinem Tod waren wie ein langer Winter ohne Frühling. Menschen kamen und gingen; sie brachten Brot oder Suppe und sprachen Worte des Mitleids, die mich nicht erreichten. Ich nickte höflich, wenn sie von Gottes Plan sprachen, und lächelte schwach, wenn sie sagten, dass die Zeit alle Wunden heilen würde. Doch innerlich war ich wie eine Hülle ohne Seele.

Als die Beerdigung kam und Konrad in die kalte Erde gelegt wurde, stand ich da wie versteinert. Meine Tränen hatten mich längst verlassen, so wie er. Nach der Beerdigung versuchte ich es, wirklich. Ich wollte stark sein für meine Kinder, wollte ihnen eine Mutter sein, die sie verdienten. Aber wie sollte ich das tun, wenn ich selbst nicht mehr wusste, wie man lebt?

Jeder Morgen begann gleich: Ich stand auf, bereitete den Haferbrei vor und schickte meinen ältesten Sohn hinaus aufs Feld, während der Jüngere Holz sammelte und das Mädchen mir beim Feuer half. Doch alles geschah mechanisch, ohne Leben oder Sinn. Die Stunden zogen sich dahin wie ein schwerer Karren auf matschigem Boden.

Die Abende waren am schlimmsten. Wenn die Kinder schliefen und das Haus still wurde, saß ich oft allein am Kamin und starrte auf Konrads Sessel, *seinen* Sessel. Ich konnte ihn fast noch darin sehen. Die breiten Schultern gebeugt über ein Buch oder eine Zeitung. Mit der Zeit begann ich zu verfallen; meine Kleidung hing lose am Körper, der immer dünner wurde. Die Kinder fragten mich manchmal: „Mama, warum bist du so still?"

Ich lächelte schwach und sagte: „Es ist nichts."

Aber sie wussten es besser, Kinder spüren solche Dinge. Ich sah es in ihren Augen. Sie litten genauso wie ich unter dem Verlust ihres Vaters und unter meiner Unfähigkeit, für sie da zu sein. Und irgendwann kam der Gedanke – ein dunkler Gedanke – der sich langsam in meinem Kopf einnistete und dort Wurzeln schlug: Wenn wir alle zusammen wären…, wenn wir ihn wiedersehen könnten…, wäre das nicht besser für uns alle? –

Es war eine kalte Nacht im Spätwinter. Der Wind pfiff durch die Ritzen des

Hauses und ließ die Fensterläden klappern. Die Kinder schliefen tief in ihren Betten. Ihre kleinen

Gesichter waren friedlich im schwachen Licht des Mondes.

Ich saß am Küchentisch mit einer Tasse Tee vor mir – die längst kalt geworden war – und starrte auf sein Bild. Es war ein altes Porträt von uns beiden. Er hatte es damals, nach unserer Hochzeit, malen lassen. Meine Finger strichen über sein Gesicht auf dem Bild.

„Wir gehören zusammen", flüsterte ich leise.

Die Pistole hatte er damals aus dem Krieg mitgebracht – ein Relikt aus seiner Zeit unter Napoleons Fahnen – und ich wusste genau, wo sie war. Als ich sie in die Hände nahm, fühlte sie sich schwer an – schwerer als alles andere – aber auch endgültig.

Ich ging zuerst zu den Kindern. Sie lagen in ihren Betten. Ihre Atemzüge waren ruhig und gleichmäßig unter den dicken Decken aus Wolle. Mein ältester Sohn lag mit einem Arm ausgestreckt über dem Kopf. Seine Hände waren rau von der Arbeit auf dem Feld. Der Jüngere hatte sich zusammengekringelt wie ein Kätzchen. Seine blonden Locken fielen ihm ins Gesicht. Das Mädchen lag still da. Ihr Zopf hatte sich gelöst und fiel über ihr Kissen. Ich küsste sie alle auf die Stirn und flüsterte: „Es wird alles gut werden."

Mein Herz schmerzte bei diesem Anblick – sie waren so unschuldig – aber ich glaubte daran, dass dies unser Schicksal war. Mit zitternden Händen hob ich die Waffe hoch und zielte zuerst auf meinen ältesten Sohn. Mein Finger ruhte auf dem Abzug. Mein Atem stockte nur kurz, bevor ich abdrückte. Das Geräusch hallte durch das Haus wie ein Donnerschlag. Meine Hände zitterten so stark, dass ich fast die Waffe fallen ließ. Der Jüngere erwachte kurz durch den Lärm, seine Augen vor Schreck geöffnet, doch bevor er schreien konnte, tat ich es erneut. Einmal…, zweimal…! Und dann war es still. Die Schüsse rissen

meine Tochter aus dem Schlaf und ihr Blick fiel auf ihre reglosen Brüder auf dem Bett.

„Mama, bitte was…, was ist los?"

Ihre großen tränengefüllten Augen suchten nach Antworten, die ich nicht geben konnte. Die Schrecken der Nacht hatten sie aus dem Schlaf gerissen, und ihre kleinen Hände griffen nach meiner, suchten Halt, suchten Schutz, den ich ihr nicht geben konnte.

„Mama, bitte…", wiederholte sie mit bebender Stimme, während Tränen über ihre Wangen liefen.

Ihre Worte schnitten tief in mein Herz, wie ein Messer, dass sich weiter in meine Seele bohrte. Ich setzte mich zitternd neben sie auf das Bett, strich ihr eine lose Strähne aus dem Gesicht und küsste ihre Stirn.

„Es tut mir so leid", brachte ich mit erstickter Stimme hervor.

Meine Hand zitterte, dass die Waffe schwer in meinen Fingern lag.

„Aber wir werden wieder bei Papa sein. Zusammen, für immer."

Sie schluchzte leise, ein ersticktes „Mama!" entsprang nochmals ihren Lippen, während sie mich mit einem Blick ansah, der mich fast dazu brachte, alles zu vergessen, *fast*. Doch es gab keinen Weg zurück. Mein Atem ging stoßweise. Meine Finger krampften sich um den Abzug. Ich schloss die Augen und flüsterte: „Schlaf jetzt wieder ein, mein Engel!"

Der Schuss durchbrach erneut die Stille der Nacht, wie ein gewaltiges Echo, das alles um mich herum zu verschlingen schien. Ihr kleiner Körper sackte zurück in die Decken, ihre Augen schlossen sich langsam, als hätte sie nur wieder in einen tiefen Schlaf gefunden. Ich blieb sitzen, reglos und unfähig zu atmen oder zu denken. Der Raum war still, wie mein Herz. Alles in mir war zerbrochen. Es war vorbei…! Es fühlte sich nur leer an, endlos leer. Nach einer Weile stand ich auf und ging mit schweren Schritten ins Wohnzimmer zurück, dorthin, wo Konrads Sessel auf mich wartete. Es war sein Platz gewesen. Der Ort, an dem er immer gesessen hatte und an dem ich ihn fast noch sehen konnte. Nun schien es richtig, dass dies auch mein letzter Platz sein sollte. Langsam ließ ich mich in den Sessel sinken. Die Pistole lag schwer in meinen Händen. Sie trug all die Last meiner Entscheidungen. Meine Gedanken wanderten zu ihm – zu seinem Lächeln, zu seiner Stimme – und für einen kurzen Moment fand ich Frieden. „Wir werden uns wiedersehen", flüsterte ich in die Dunkelheit.

Dann hob ich die Waffe an meine Schläfe und drückte ab.

Danach

Was danach geschah? Das weiß niemand so genau. Man fand uns erst Tage später. Nachbarn hatten bemerkt, dass kein Rauch mehr aus unserem Schornstein stieg. Sie fanden mich in Konrads Sessel sitzend. Die Pistole lag noch immer in meinem Schoß. Die Kinder lagen friedlich in ihren Betten, als würden sie nur schlafen. Man sprach viel im Dorf über jene Nacht. Manche nannten es Wahnsinn. Andere sprachen von einer Mutterliebe so groß, dass sie ihre Kinder mit sich nahm, in den Tod.

Doch was wirklich geschah oder was danach kam? Das bleibt ein Geheimnis zwischen mir und Konrad, irgendwo jenseits dieser Welt.

Denn eines wusste ich mit Sicherheit: Es war unser Schicksal gewesen, gemeinsam gehen und uns im nächsten Leben wiederzufinden. Und so geschah es dann auch.

Kapitel 2/ Eine unmögliche Liebe

Die Erinnerung an die Liebe geht nicht verloren

Marie

Ich wusste, dass ich nie mit einem anderen Mann zusammenkommen würde, weil mein Herz nur für den Einen schlug. Es war schon immer so und würde sich in diesem Leben auch nicht ändern. Manchmal dachte ich kurz an andere Männer, doch dann wurde mir klar, dass mein Leben längst in den Händen eines anderen Mannes lag, eines Mannes, der nichts von meinen Gefühlen ahnte. Ich hatte es schon aufgegeben, mich mit Männern zu treffen, da die meisten nur das eine wollten und das war nichts für mich, ich wollte etwas Echtes, ich wollte eine Beziehung wie im Märchen, dort wo man noch an die große Liebe glaubte und wo es ein Happy End für uns beide gab.

Ich glaubte an die Bestimmung und dass zwei Menschen füreinander geschaffen waren. Es war alles eine Frage der Zeit, bis wir uns wiedersahen. Denn meine Erfüllung trug den Namen Nick. Er war die Fügung meines Lebens, sowohl im Hier und Jetzt, als auch in der vergangenen Existenz. Nick war nicht nur einfach irgendein Mann für mich er war mein Onkel und genau das war das Problem. Ich wusste, wie die Geschichte für uns zu jener Zeit ausging, aber nicht wie sie heute ausgehen würde.

Falls sich unsere Wege irgendwann wieder kreuzten, würde es genügen, ihn daran zu erinnern, welche Bedeutung wir in einer fernen Vergangenheit füreinander gehabt hatten. Vielleicht wäre es möglich, ihn mit einem magischen Kuss aus seinem tiefen Schlummer zu holen. Obwohl, wir in diesem Leben, Onkel und Nichte waren, konnte die Erinnerung an unserer frühere Liebe nie ausgelöscht werden.

Durch meinen Beruf als erfolgreiche Schriftstellerin hatte ich die Möglichkeit in andere Welten abzutauchen und alles, was außerhalb meiner Geschichten lag, zu vergessen. Dort konnte ich mir all das ausmalen, was im realen Leben noch unerreichbar war, darunter die wahre Liebe. Manchmal verlor ich mich so tief in einer Geschichte, dass ich schon ein Teil von ihr wurde. Mit dem Schreiben fand ich den Mut wieder, an mich selber zu glauben. Mit meinen Büchern wollte ich die Hoffnung am Leben erhalten, ihm eines Tages zu begegnen und meine tiefsten Gefühle zu offenbaren.

<u>**Kapitel 3/ Nicks Sicht**</u>

Nick

Ich wollte wieder den Kontakt zu ihr aufnehmen. Zehn Jahre hatten wir uns nicht mehr gesehen, eine lange Zeit. Diese lange Pause hatte ich mir selbst zuzuschreiben, weil ich ein Idiot war.

Damals bin ich gegangen, weil ich mich selbst schützen musste, da die Gefühle, die ich ihr gegenüber empfand, zu überwältigend waren. Die Angst, Marie meine Empfindungen zu offenbaren, war zu groß, denn ich war ja ihr Onkel, es war einfach unmöglich, sie zu lieben. Daher brach ich den Kontakt zu meiner Nichte ab.

Das musste ihr damals das Herz gebrochen haben, aber so war es besser für uns beide. Sie sollte jemanden finden, der in der Lage war, ihr die Liebe zu geben, die ich nicht bieten konnte.

Trotz der vielen Jahre fühlte ich immer noch eine starke Verbindung zwischen uns, die ich mir einfach nicht erklären konnte. Sie blieb auch bestehen, als wir keinen Kontakt mehr hatten. Welcher Moment es sein würde, in dem wir uns wieder trafen, war nebensächlich, weil ich wusste, dass es irgendwann geschehen würde. Vielleicht hatte ich wie Marie die Hoffnung, dass sich alles so fügen würde, wie es vorbestimmt war.

Während ich drauf wartete, dass sich unsere Wege erneut kreuzen würden, hielt mich meine Arbeit auf Trab. Die Natur bot mir den perfekten Platz, um atemberaubende Landschaften zu fotografieren und meinen Geist zu entspannen. Meine Leidenschaft war zu meinem Beruf geworden. Neben den Landschaften fotografierte ich auch in meiner Freizeit Lost Places.

Ich liebte es sehr, mir vorzustellen, wie es früher einmal in den verlassenen Orten ausgesehen haben musste. In meiner Heimatstadt präsentierte ich meine Werke in einer Galerie.

Es erfüllte mich auch mit Stolz, meine Bilder der Öffentlichkeit zeigen zu können. Die meisten Leute reagierten sehr positiv auf meine Bilder. Außerdem brachte mir der Verkauf auch ein gutes Einkommen. Dank des Geldes konnte ich mir ein eigenes kleines Fotostudio leisten. Natürlich nahm ich auch unter anderem Aufträge für Fotografien von meinen Kunden entgegen, daher kam ich in letzter Zeit viel in Deutschland herum. Aber auch im Ausland konnte ich zahlreiche Eindrücke sammeln, bis ich im Herbst in meine Heimatstadt zurückkehrte.

Ende des Monats war der große Moment schließlich gekommen. Ich stellte die Bilder, die ich im Laufe des Jahres aufgenommen hatte, aus und gab meine Abschlussausstellung. Und genau bei der finalen Vernissage sollte es passieren. Ich traf Marie wieder. Sie betrachtete ein Bild, welches ich zu Teil ihretwegen aufgenommen hatte.

Eine Gänsehaut überzog meinen ganzen Körper. Mein Bild, zeigte das historische Kriegsfeld von Waterloo. Der Gedanke kehrte auf einmal zurück, dass die Stadt mich auf magische Weise anzog. Damals bekam ich von einer deutschen Familie, die meine Fotografien schätzte, den Auftrag, nach Waterloo zu reisen, um dort Landschaften zu fotografieren. Vor allem sollte ich das Schlachtfeld ablichten, da der Vater eine starke Leidenschaft für Geschichte hegte.

Es war, als hätte ich dieses Fleckchen Erde schon einmal betreten, doch das konnte nicht sein, es war einfach unmöglich. Ich war noch nie dort gewesen. Und doch kam mir alles so bekannt vor, dass ich gar nicht mehr fortgehen wollte. Eine innere Stimme zog mich zum Schauplatz des blutigen Gefechts, und genau diese Stätte wollte ich für immer mit meiner Kamera festhalten. Ich begriff in jener Phase noch nicht, warum ich dieses Bild machte, aber heute Abend sollte ich die Antwort finden.

Während ich sie in diesem Augenblick beobachtete, drehte Marie sich zu mir um, und ihr Blick und ihre weinenden Augen trafen direkt meine Seele. Jetzt wurde mir klar, dass etwas Mächtiges uns wieder zusammengeführt hatte.

Kapitel 4/ Das Warten auf dich

Marie

Wie mein Onkel liebte auch ich es, verlassene Orte zu erkunden. In meiner Freizeit tat ich dies oft, um den Kopf frei zu bekommen. Es gab noch so viele Lost Places sowohl in Deutschland, als auch im Ausland, die auf meiner Liste standen und die ich unbedingt noch besuchen wollte.

Generell hatte ich eine große Leidenschaft fürs Reisen in ferne Länder und das Entdecken der Welt entwickelt. Irgendwann wollte ich noch mal nach Waterloo/Belgien fahren, um herauszufinden, ob ich mich an Orte aus meinem vergangenen Leben als Krankenschwester und an meine große Liebe Konrad erinnern konnte und ob noch andere Erinnerungen zurückkamen.

Als das Jahr sich dem Ende näherte und ich wegen meiner Arbeit als Autorin noch nicht verreist war, nahm ich an einem regnerischen Herbstwochenende an einer Veranstaltung in der Fotogalerie meiner Stadt teil. An diesem Abend wurden Bilder von einem bekannten Fotografen gezeigt, der seine Identität hinter einem Pseudonym verbarg. Am meisten beeindruckte mich dieser Kameramann, weil er auf seinen Reisen zu verfallenen Geisterstätten und atemberaubenden Landschaften unzählige Fotos gemacht hatte. Ich fühlte mich förmlich von seinen Bildern angezogen und beschloss, ihnen mehr Aufmerksamkeit zu schenken.

Bis dahin hatte ich keine Ahnung, wer mich dort erwarten würde. Hätte ich es gewusst, wäre ich wohl nicht hingegangen. Während ich mich umblickte, zog ein spezielles Bildnis mein gesamtes Interesse auf sich. Er hatte das historische Schlachtfeld von Waterloo fotografiert und die Perspektive, aus der er es aufnahm, war faszinierend. Das Bild zeigte einen wunderschönen Sonnenuntergang im Hintergrund des Schlachtfeldes.

Je länger ich es anschaute, desto mehr stiegen die Tränen in mir auf. Meine Seele schien sich wieder an den Ort zu erinnern und ich konnte die Tränenflut einfach nicht mehr zurückhalten, egal wie sehr ich es auch versuchte. In meinem Inneren spürte ich, dass die Stadt Waterloo nach wie vor ganz oben auf meiner Liste der Orte stand, die ich unbedingt noch besuchen wollte.

Ich dachte noch eine Weile über das Bild und den geheimnisvollen Fotografen nach, der seinen echten Namen nicht preisgeben wollte. Schließlich beschloss ich die Toilette aufzusuchen, da meine Tränen immer noch liefen und ich sicher völlig verschmiert von der Schminke im Gesicht war. Genau in dem Moment, als meine Augen nach der Toilette im Raum suchten, traf mein Blick auf eine Person, die mir unauffällig gefolgt war. Es war kaum zu fassen, wen meine Augen in diesem Raum entdeckten.

Er stand nur wenige Meter entfernt und beobachtete mich anscheinend schon eine ganze Weile. Alles in mir schrie nach Flucht, doch meine Beine versagten gerade jetzt und blieben an Ort und Stelle stehen. Gleich darauf nutzte die Person, auf die ich schon so lange gewartet hatte, die Chance und trat direkt auf mich zu. Bevor ich überhaupt reagieren konnte, war der Mann bereits bei mir und stand nun direkt vor mir. Er zögerte keinen Moment, ergriff mein Gesicht, wischte mir die Tränen ab und zog mich in seine kräftigen Arme.

Endlich hattest du mich gefunden. Das lange Warten hatte ein Ende und unser gemeinsames Kapitel musste erst noch geschrieben werden. Ich war zuversichtlich, dass alles genau so kommen würde, wie es kommen sollte.

<u>**Kapitel 5/ Das große Wiedersehen**</u>

Nick

Es war eine lange Zeit vergangen, doch wir fanden uns wieder am richtigen Ort und zur richtigen Zeit. Offenbar wollte es der Zufall, dass wir uns ausgerechnet in der Galerie trafen, in der ich meine Fotos präsentierte.

Zu meiner Überraschung stand sie vor dem Bild, dem ich all meine Zeit und Mühe geschenkt hatte. Diese Gegend selbst war für mich von besonderer Bedeutung, fast wie ein magischer Anziehungspunkt, dessen Ursache ich nie begreifen konnte. Und dann, als ich Marie genau in diesem Augenblick in meinen Armen hielt, wollte ich sie nie wieder loslassen und für immer festhalten. Ich war vollkommen überwältigt von meinem Glück, es fühlte sich an, wie ein Traum. Schon seit langem hatte ich mir diesen Moment erträumt und nun wurde er Wirklichkeit.

Als Marie sich langsam aus meiner festen Umarmung löste und ich sie genauer ansah, wurde mir bewusst, wie bezaubernd sie nun aussah. Als wir uns das letzte Mal begegnet waren, war sie noch ein Kind gewesen. Doch als sie nun vor mir stand, erkannte ich, dass sie zu einer eleganten Frau herangewachsen war.

Tief in meinem Inneren wusste ich es immer, aber damals konnte ich nicht zulassen, dass ich Gefühle für sie entwickelte. Dieses unsichtbare Band zwischen uns war einfach zu stark, um es zu leugnen. Warum es so war, blieb für mich bis heute ein Rätsel.

Plötzlich schien die Zeit sich endlos zu dehnen und alle Menschen um uns herum bewegten sich in einem seltsam langsamen Tempo. Meine ganze Aufmerksamkeit galt daher nur noch Marie. Lange starrte ich in ihre grünen Augen, bis ich beschloss, auch die letzten Meter zu überwinden. Was ich im nächsten Moment tun wollte, erforderte all meinen Mut, aber ich wusste, wenn ich es nicht versuchte, würde ich mich ewig dafür verfluchen. Auch wenn es mich alles kosten könnte.

<u>**Kapitel 6 / Das Geständnis**</u>

Nick

Also tat ich das Unvorstellbare. Ohne an die Konsequenzen zu denken, küsste ich sie mit einer Leidenschaft, die so intensiv war, dass ich einfach nicht aufhören konnte.

Es schien, als ginge es Marie genauso. Anfangs noch zögerlich, erwiderte sie meinen Kuss bald mit der gleichen Intensität. Wir waren in dem Moment gefangen und es schien unmöglich uns jetzt noch zu stoppen. Zu viel Zeit war bereits vergangen. Ich wusste, dass sie die Richtige für mich war und ich klammerte mich an die Hoffnung, dass es auch bei ihr so war. Obwohl ich sie ewig weiter hätte küssen können, löste ich mich nach einer Weile ein wenig von ihr, sah ihr dabei tief in Augen und flüsterte die Worte, die ich schon lange hätte aussprechen sollen: „Ich liebe dich!"

Drei einfache Worte, die sich wie Zauberei anfühlten. Mit jedem Tropfen, der weiterhin von ihren Wangen fiel, wartete ich nervös auf ihre Antwort. Doch Marie sagte nichts, sie gab mir Ihre Antwort in einem Kuss, der meine Worte perfekt erwiderte.

Dieser Moment war von einer unbeschreiblichen Magie durchzogen.

Es war offensichtlich, dass sie genauso in mich verliebt war wie ich in sie. In leisem, rätselhaften Ton sagte sie: „Da sind Dinge, die du bald verstehen wirst.

Die ganze Wahrheit über uns wird ans Licht kommen."

Mir war klar, dass Vertrauen der Schlüssel war, also schenkte ich Marie ein dankbares Lächeln. Es war noch lange nicht vorbei zwischen uns.

<u>**Kapitel 7/ Die gemeinsame Reise**</u>

Marie

Es fühlte sich surreal an, Nick ausgerechnet an diesem Abend zu treffen. Unsere Begegnung fand direkt vor dem Bild statt, das das Schlachtfeld von Waterloo zeigte. Kurz drauf entdeckte ich, dass er der Fotograf war, der das Bild unter einem Pseudonym veröffentlicht hatte. Vielleicht ahnte er tief in sich, dass er mit diesem Ort verbunden war, wie auch ich. Das gab mir das Gefühl, dass seine Erinnerungen an die Vergangenheit vielleicht doch noch nicht verloren waren. Und in dieser Abendstunde kam seine verletzliche Seite zum Vorschein. Es war, als ob ein lange im Hintergrund schlummerndes Szenario plötzlich greifbar wurde. Anscheinend war doch noch alles möglich. Ich setzte vollkommen mein Vertrauen in das Universum.

In diesem Moment, als Nick mich küsste, fühlte ich eine Mischung aus starker Angst und Aufregung, denn es war mein erster Kuss, auf den ich so lange gewartet hatte. Doch das Warten war zweifellos nicht umsonst gewesen. Dieser Kuss war exakt so, wie ich ihn mir ausgemalt hatte. Ich wollte mehr davon, wollte ihn in vollen Zügen, das wurde mir noch einmal stark bewusst. Am liebsten hätte ich ihn die ganze Zeit geküsst, aber irgendwann löste er sich von mir und machte mir dann ein unwiderstehliches Angebot, welches ich nicht ablehnen konnte.

Ganz spontan fragte er mich, ob ich in den kommenden Tagen Zeit und Lust hätte, mit ihm nach Waterloo zu fahren. Da er ohnehin dorthin fuhr, um für einen seiner Kunden noch ein paar Fotos zu machen. Ohne zu zögern, presste ich meine Lippen auf seine, manchmal konnte ein Kuss mehr ausdrücken, als tausend Worte. Mit mehr Selbstvertrauen küsste ich ihn diesmal noch leidenschaftlicher und mit Zunge.

Das Feuer zwischen uns begann zu lodern. Ich wünschte, dieser unvergessliche Augenblick zwischen uns würde niemals vergehen, aber irgendwann mussten wir aus unserer Traumwelt aufwachen und uns der Realität stellen. So viele Fragen schwirrten mir durch meinen Kopf. Wie ging es jetzt mit uns weiter? Hatten wir überhaupt eine gemeinsame Zukunft? Ich wünschte mir so sehr, dass dies erst der Anfang einer gemeinsamen Reise war. Wir hatten beide verdient, unser eigenes Happy End zu erleben.

Nach der Foto Ausstellung ging ich weiter meinen Job nach, doch meine Gedanken schweiften ständig ab. Mein Onkel Nick war der Grund dafür. Seit der Vernissage kam er mir ständig in den Sinn. Es war offensichtlich, dass Nick sich im Laufe der Jahre deutlich verändert hatte. Zum Positiven, versteht sich. Er sah damals schon sehr attraktiv aus, aber heute war er kaum wiederzuerkennen, fast wie eine ganz andere Person. Mein Onkel hatte das schwarze Haare, einen durchtrainierten Körper und zahlreiche Tattoos auf seinen Armen, die ich mir später definitiv noch genauer ansehen würde. Dazu trug er eine schwarze Lederjacke, und sein ganzes Outfit war in Schwarz gehalten. Jedes Mal, wenn ich an ihn dachte, hörte mein Herz nicht mehr auf zu pochen. Selbst das Schreiben, fiel mir schwerer als je zuvor. Rückblickend ärgerte ich mich, dass unsere Zeit an jenem Abend so kurz war. Ich hätte damals gerne noch etwas mit ihm getrunken oder ihn nach Hause begleitet.

Nachdem er mich mit diesem hinreißenden Kuss überrascht hatte und mir anbot mit ihm nach Waterloo zu reisen, tauschten wir unsere Nummern aus. Doch kaum war dies geschehen, wurde Nick von Fans umringt, die ihn für seine Arbeit bewunderten. Sie hatten auch herausgefunden, dass er der Fotograf meiner Stadt war.

Diese Gelegenheit ließ ich nicht ungenutzt, verabschiedete mich rasch und ging zum Ausgang. Er blickte mir noch nach, bis ich die Galerie verlassen hatte. Erleichtert, endlich in meiner Wohnung zu sein, ließ ich mich müde ins Bett fallen und dachte über den Abend nach, über alles, was in dieser Zeit passiert war. Ich erkannte, dass ich mit ihm fahren musste, um nicht die wertvolle Chance zu verpassen, ihm die Wahrheit über unsere gemeinsame Vergangenheit zu offenbaren. Deshalb traf ich die Entscheidung, die Reise anzutreten. Entschlossen, meinen Plan in die Tat umzusetzen, packte ich meinen Koffer und informierte Nick per WhatsApp, dass ich am nächsten Wochenende mitfahren würde. Mein Herz raste, als ich die Nachricht losschickte.

Schon bald erhielt ich seine Antwort, dass er sich riesig darüber freute, dass ich mitkam und dass er mich Freitagabend abholen würde. Allmählich kehrte Stille in meine Gedanken ein, als mir bewusst wurde, was und wen ich suchte. Ich würde alles in meiner Macht Stehende tun, um mein Ziel zu erreichen. Ich war stolz auf mich selber, dass ich die Nachricht abgeschickt hatte. Der Weg selbst war das wahre Ziel. Und unsere gemeinsame Zukunft lag noch vor uns. In meinen Erinnerungen blieb das Versprechen lebendig, dass wir uns nie aus den Augen verlieren würden, egal was auch käme.

<u>Kapitel 8/ Die Liebe geht nie verloren</u>

Marie

Das Wochenende stand kurz bevor. Gleich würde er mich mit seinem Auto abholen und unsere gemeinsame Zeit konnte endlich beginnen. Der ganze Tag war von Aufregung geprägt und ich zog mich immer wieder um, weil ich Nick bei unserem ersten Treffen beeindrucken wollte. Der Koffer war längst gepackt, doch ich grübelte immer noch, ob das schickere Outfit nicht doch besser wäre. Da unterbrach ein plötzliches Klingeln an der Tür meine Überlegungen. Hastig ließ ich alles liegen, eilte zur Tür und öffnete sie mit einem energischen Schwung.

Als ich meinen Onkel ansah, stockte mir der Atem. Er sah so unglaublich gut aus, dass ich völlig überwältigt war. Besonders die Tattoos auf seinem Arm zogen mich in ihren Bann und ich konnte meinen Blick kaum von ihm abwenden. Hätte er nur noch eine Zigarette in der Hand gehalten, wäre er der Inbegriff eines *Bad Boys* gewesen. Alles an ihm faszinierte mich auf eine Art, die ich nicht ganz verstand. Es dauerte nicht lange, bis er bemerkte, dass ich ihn wie ein Objekt der Begierde betrachtete. Er grinste und zwinkerte mir zu, was mich vor Verlegenheit rot werden ließ. Zum Glück war es dunkel, sodass er meine Verlegenheit nicht sah.

„Wollen wir los?", fragte er mich und mit einem Nicken zum Wohnzimmer hin sagte ich: „Ich hole nur noch schnell Koffer und Rucksack."

Als ich mit meinem Gepäck wieder an der Tür war, nahm er mir die Sachen wie selbstverständlich ab und wir gingen gemeinsam zu seinem Auto. Ich war sehr beeindruckt von dem Wagen, denn es war ein Jeep. Ich hatte eigentlich einen luxuriöseren Wagen erwartet. Schließlich verdiente er als Fotograf doch ein ansehnliches Gehalt. Er richtete seinen Blick in dieselbe Richtung und sagte ruhig: „Ich habe nichts für auffällige Fahrzeuge übrig. Mir sind Schlichtheit und Funktionalität wichtiger."

Seine Fähigkeit, meine Gedanken wie ein offenes Buch zu lesen, hatte mich oft erschaudern lassen. Diese außergewöhnliche Gabe besaß er schon als Kind. Ich war gespannt, ob er sich nach all der Zeit noch an manche meiner besonderen Eigenschaften erinnern würde. Vielleicht gab es irgendwann die Gelegenheit, das herauszufinden.

Was ihm jedoch nicht entging, war, dass ich den Jeep genau so faszinierend fand. Ein Auto, das sich mit seiner Einzigartigkeit von der Masse abhob. So stiegen wir beide ein, er packte meinen Koffer ins Auto, tippte die Route ins Navi ein, und wir machten uns in der Abenddämmerung auf den Weg von Frankfurt nach Waterloo und zum Schlachtfeld. Die Fahrt von unserer Stadt aus dauerte vier Stunden.

Die Reise versprach also, recht lang zu werden und ich hoffte sehr, dass es zwischen uns nicht allzu still blieb, bis wir am Ziel waren. Während ich noch überlegte, wie ich das Gespräch beginnen sollte, ergriff er selbst das Wort.

„Wie wäre es mit etwas Musik für unsere Tour?", schlug er vor. und ich nickte begeistert.

Als mein Onkel im linken Seitenfach des Wagens nach etwas suchte, schaute ich mich neugierig im Jeep um. Sofort bemerkte ich, dass es sich um ein älteres Modell handelte, da das Auto noch einen Kassettenspieler hatte, was ich ziemlich nostalgisch fand.

Als Nick mit seiner Suche nach einer passenden Kassette erfolgreich war, schaltete er den Rekorder an. Mit dem Start füllten die Melodien der 80er und 90er Jahre den Jeep. Als Erstes ertönte Bryan Adams' *Summer of 69*, ein Lied, das unsere Herzen gleich höher schlagen ließ. Ein verschmitztes Lächeln stahl sich auf meine Lippen. Die wahre Bedeutung des Songs war eine ganz andere, als die Offensichtliche, eine Erkenntnis, die ich lieber für mich behielt. Andernfalls würde sich das Ganze doch noch in eine ganz andere Richtung entwickeln.

Die Anreise gestaltete sich problemlos, ohne Staus oder andere unerwartete Zwischenfälle. Was mir ebenfalls sehr gefiel, war der Wechsel zwischen lebhaftem Gespräch und meditativer Stille, in der jeder seiner eigenen Gedanken nachhing. Wir unterhielten uns ausführlich über die Familie meines Vaters und unsere gemeinsame Verwandtschaft. Dabei sprach ich darüber, dass der Kontakt sehr selten war, da sie mich nicht so akzeptierten, wie ich war. Am Ende hatte ich mich dazu entschieden, den Kontakt endgültig abzubrechen. Nick stimmte mir zu, dass es mein Leben war und ich die richtige Entscheidung traf.

Wir hielten zwischendurch nur in Köln. In der Innenstadt ergab sich die Gelegenheit, in einem kleinen Restaurant schnell zu Mittag zu essen, bevor die Fahrt nach Waterloo weiterging. Eine Stunde vor der Ankunft gestand Nick mir etwas, das mich völlig überraschte. Er fing an, von dem Tag zu berichten, an dem wir uns das letzte Mal begegnet waren. Danach hatte Funkstille zwischen uns geherrscht, da er den Kontakt vollständig abgebrochen hatte.

Der Grund dafür war, dass er mir an jenem Tag eigentlich seine Gefühle gestehen wollte. Doch seine Schüchternheit und Angst hielten ihn davon ab, die Wahrheit auszusprechen. Hätte er geahnt, dass ich ähnlich für ihn empfand, wäre vielleicht alles anders gekommen.

Während Nick mir dies erzählte, nahm ich seine Hand in meine und drückte sie als Bestätigung, dass er mit seinen Empfindungen nicht alleine war. Verlegen lächelten wir uns an und lauschten der Musik von der Kassette, bis wir spät am Abend in Waterloo ankamen.

Trotz der langen Anreise blieb genügend Zeit, um in der Stadt auf Entdeckungstour zu gehen, bevor wir in das Hotel einchecken konnten. Beim Durchqueren der Altstadt mit Nick fühlte ich sofort eine starke Vertrautheit, als ob ich diesen Ort schon einmal besucht hatte.

Tatsächlich lebte ich hier schon in einem früheren Leben und die Erinnerungen daran kamen wieder an die Oberfläche. Ein Bild aus meiner Vergangenheit stieg in mir auf, ein Kaffeehaus mit dem unverwechselbaren Charme des 19. Jahrhunderts, veborgen im Herzen der Stadt. Als wir durch die Gassen schlenderten, standen wir plötzlich genau vor diesem Café. Ohne zu zögern, folgten wir meiner inneren Stimme, traten ein und nahmen an einem freien Tisch Platz. Es fühlte sich an, als ob die Umgebung mich mit der Wärme eines alten Déjà-vus umarmte. Jedes Detail im Raum schien eine tiefgreifende Wirkung auf mich zu haben. Jede Nuance, jede Kleinigkeit, schien etwas längst Bekanntes in mir wachzurufen. Die Atmosphäre war wohlig und einladend, während die Fenster sanft beschlugen und die Kälte draußen immer mehr zunahm. Der verführerische Duft von frisch gebrühtem Tee und süßen Waffeln durchzog den Raum. Jeder Bissen und jeder Schluck ließen den Moment wie pure Magie erscheinen.

Getragen von inspirierenden Gesprächen vergingen die Minuten wie im Flug, bis der Moment gekommen war, das wartende Hotelzimmer aufzusuchen. Wenig später standen wir am Empfang des Hotels, doch es gab ein unerwartetes Problem. Die Empfangsdame erklärte uns, dass nur noch ein einziges Zimmer verfügbar sei. Offenbar war bei der Reservierung, die mein Onkel vorgenommen hatte, etwas schiefgelaufen. Und so blieb uns nichts anderes übrig, als uns nicht nur ein Zimmer, sondern auch ein Bett zu teilen.

„Ist es für dich in Ordnung, wenn wir uns ein Zimmer und ein Bett teilen?", fragte er mich zögernd.

Ich hatte kaum eine Wahl und nickte schließlich. Mit gemischten Gefühlen nahm ich die Schlüsselkarte entgegen und wir machten uns schweigend auf dem Weg zu unserem Zimmer.

Die Beziehung zwischen Nick und mir befand sich noch in einer frühen Phase und wir wussten beide noch nicht genau, wie wir sie definieren sollten. Um mir entgegenzukommen, wählte er das Sofa als Schlafplatz und überließ mir großzügig das Bett. Kurz danach machte er es sich auf dem Schlafsofa bequem, wünschte mir eine gute Nacht und löschte das Licht.

Während Nick vermutlich schon eingeschlafen war, lag ich lange wach und fand einfach keinen Schlaf. Was in dieser Nacht alles passieren würde, hätte ich mir nicht einmal in meinen kühnsten Träumen ausgemalt, aber es kam so, wie es kommen musste.

Ich lag bis weit nach Mitternacht wach und grübelte darüber, wie es jetzt nun mit uns weitergehen sollte, als ich plötzlich sein Räuspern hörte. Offensichtlich plagten auch ihn Schlafprobleme, weshalb er mich vorsichtig fragte, ob er sich zu mir auf die linke Seite legen könne, weil sein Schlafplatz eine Zumutung sei. Ich lächelte und winkte ihn mit einer leichten Handbewegung zu mir heran.

Nick erhob sich und entschied sich überraschenderweise nicht für meine linke Seite, sondern setzte sich direkt neben mich. Langsam rückte er so nah an mich heran, dass die Wärme seiner Nähe meinen Herzschlag unkontrolliert beschleunigte. Mit einer Stimme, die Verlangen und Hoffnung zugleich ausdrückte, flüsterte er: „Ich weiß nicht, wie es dir geht, aber ich sehne mich danach, eine tiefe echte Beziehung mit dir zu leben. Die entscheidende Frage ist, bist du bereit, diesen Weg mit mir zu gehen?"

Wie eine zarte Symphonie durchdrangen seine Worte mich und ließen mein inneres Streben nach Liebe und Sicherheit erblühen. Ich legte meine Hände an seinen Nacken und zog ihn näher zu mir. Unsere Lippen trafen sich in einem zärtlichen Kuss, der sich schnell in etwas Tieferes verwandelte. Seine Zunge suchte meine, und ich ließ mich von der Intensität dieses Moments mitreißen. Alles in mir schrie danach, ihn noch näher bei mir zu haben, so nah, wie nur möglich.

Es kam ganz anders als gedacht, doch diese unerwartete Wendung war wunderschön. Was ich ihm nicht sagte, war, dass es mit ihm mein erstes Mal war. Ich, die Schöpferin tausender Liebesgeschichten stand nun selbst an der Schwelle meiner eigenen romantischen Erzählung. Mein Herz, sonst nur Zeuge fremder Hingabe, hämmerte wild und ungestüm. Mit zitternden Fingern und bebenden Lippen dachte ich mir, dieser Augenblick würde mehr sein als nur mein erstes Mal, er wäre der Beginn meiner eigenen, wahrhaftigen Liebesgeschichte.

Während er mich zärtlich weiter küsste, spürte ich, wie seine Hände langsam und entschlossen begannen, meine Kleidung Stück für Stück zu lösen. Ich ließ es geschehen, fühlte mich dabei geborgen und voller Vertrauen. Als ich ihm schließlich in gleicher Weise entgegenkam, fiel auch seine Kleidung sanft zu Boden. Verlegen standen wir voreinander, entblößt und offen, getragen von einer Intimität, die nur unsere Seelen verstehen konnten.

Nick sah so unglaublich verführerisch aus, dass ich das Verlangen kaum zügeln konnte, jede Linie seines Körpers mit meinen Händen zu erkunden und seine Wärme auf meiner Haut zu spüren. Sein Blick traf mich wie ein Feuer, und ohne ein Wort zog er mich an sich.

Wir ließen uns ins Bett sinken, unsere Körper vereinten sich, jede Berührung ließ die Spannung zwischen uns auflodern. Sein Körper lag dicht an meinem, seine Lippen zeichneten eine heiße Spur auf meiner Haut, seine Hände vertieften jede Berührung und brachten meinen Körper zum Beben.

Mit einer geschmeidigen Bewegung holte er ein Kondom aus der Kleidung neben dem Bett, zog es langsam über und drang tief in mich ein, seine Augen fest auf meine gerichtet. Ich stöhnte unkontrolliert auf und vergrub meine Finger fest in seinen dichten schwarzen Haaren. Es sollte niemals enden. Genauso hatte ich mir mein erstes Mal vorgestellt. Es war einfach perfekt.

Nach einem stürmischen Spiel der Lust und Zweisamkeit trennten sich unsere Körper, und ich fand mich glücklich in seiner Umarmung wieder. Er berührte meine Stirn mit einer zärtlichen Geste und sein Lächeln verriet mir, dass auch ihm die Anziehung zwischen uns nicht entgangen war. Als wir wenig später nebeneinanderlagen und er mich mit einem Blick ansah, der mir das Gefühl gab, unermesslich wertvoll zu sein, wollte ich seine Tattoos bewundern.

Doch plötzlich fielen mir die Augen zu und ich verlor mich im Schlaf. Die ersten Strahlen der Morgensonne würden bald schon durch das Fenster schlüpfen, aber ich wollte mir noch ein paar Stunden Schlaf gönnen. Währenddessen zog mich Nick noch fester an sich und flüsterte mir ins Ohr: „Gute Nacht! Träum was Süßes."

Und genau dies würde ich auch tun, dessen war ich mir sicher.

Nick

Als ich am folgenden Morgen aufwachte, durchströmte mich das Gefühl, neben der schönsten Frau der Welt zu liegen. Die letzte Nacht wirkte wie ein Traum, doch sie war real.

Um mich zu vergewissern, dass Marie noch bei mir war, betrachtete ich ihr Gesicht mit größter Aufmerksamkeit und prägte mir jedes Detail ein, einschließlich der zahlreichen Sommersprossen. Dabei spürte ich die Sanftheit, die von ihrer entspannten Ausstrahlung ausging.

Auch ihr zierlicher Körper gefiel mir sehr. Ich konnte nicht anders, als mich von diesem friedlichen Anblick verzaubern zu lassen. Mit ihr hatte ich zum ersten Mal gespürt, was wahre Liebe wirklich bedeutete, jenseits oberflächlicher Begegnungen. Und erst jetzt verstand ich, was es bedeutete, von jemandem bedingungslos und authentisch geliebt zu werden.

Sie war anders als jede Frau, die ich je gekannt hatte. Marie war der Schlüssel, der meine Seele vervollständigte. Endlich fühlte ich mich ganz. Nachdem ich ihre Haare sanft beiseite gestrichen hatte, folgten meine Berührungen wie von selbst der zarten Kontur ihres Körpers, bis sie an der verlockenden Fülle ihrer Brüste verweilten. Doch gerade, als ich sie anfassen wollte, hielt ich inne und erinnerte mich daran, dass sie noch schlief. Ich wollte sie nicht wecken, denn ich wollte keinen falschen Eindruck hinterlassen.

Meine Gedanken kreisten immer noch um die gestrige Nacht und mir war klar, dass wir miteinander geschlafen hatten. Etwas, das ich in keiner Weise bereute. Noch nie empfand ich für eine andere Frau so starke Emotionen wie für meine Nichte Marie. Ich spürte, dass diese Beziehung etwas ganz Besonderes werden konnte.

Die Tatsache, dass wir verwandt waren, störte mich nicht. Sollten unsere Familie und Freunde davon erfahren, wäre ich bereit, dazu zu stehen und ihnen offen zu sagen, wer meine Freundin war. Lieber würde ich den Kontakt zu unseren Verwandten beenden, falls sie unsere Zuneigung zueinander nicht akzeptieren würden.

Ich konnte mir sogar vorstellen, mit ihr eine gemeinsame Zukunft aufzubauen. Manchmal glaubte ich, dass unsere Seelen sich schon in einem früheren Leben getroffen hatten, denn diese intensive Nähe zu ihr war für mich nicht so einfach zu verstehen. Es fühlte sich an, als würde eine unsichtbare Macht uns immer wieder zueinander führen und vereinen.

Als Marie nach einiger Zeit ihre Augen öffnete, glitt ihr Blick sofort zu mir. Sie lächelte schläfrig, strich mir sanft die Haare aus der Stirn, genau wie ich es kurz zuvor getan hatte und küsste mich auf den Mund.

„Guten Morgen Nick, gut geschlafen?"

Mit sichtbarer Zufriedenheit erwiderte ich: „So gut wie lange nicht mehr."

Nachdem wir noch eine Weile gemütlich beieinander gelegen hatten, beschlossen wir, aufzustehen, uns frisch zu machen, den Weg in den

Frühstücksraum anzutreten und gestärkt durch eine morgendliche Mahlzeit voller Vorfreude in den Tag zu starten.

Sobald Marie und ich fertig gespeist hatten und unser Gepäck ein zweites Mal im Kofferraum meines Wagens ordentlich verstaut war, stiegen wir in den Jeep und fuhren wieder los. Unser Ziel war das legendäre Schlachtfeld von Waterloo, wo Bonapartes Bestimmung vor langer Zeit besiegelt wurde.

Die Anfahrt schien kein Ende nehmen zu wollen, bis der Kriegsschauplatz endlich in Sicht kam und mit ihm ein Museum, das soeben seine ersten Besucher einließ.

Die Ausstellung in der Kunsthalle war äußerst aufschlussreich und fesselnd, da sie die Ereignisse beleuchtete und Napoleons Niederlage beschrieb. Nach der intensiven Besichtigung und den zahlreichen Eindrücken waren Marie und ich sehr erschöpft. Deshalb beschlossen wir, gemeinsam einen Spaziergang zu dem historischen Gelände gegenüber zu unternehmen, um frische Luft zu tanken. Allmählich kamen immer mehr Menschen, wodurch es zunehmend enger wurde.

Der Weg zum Schlachtfeld war kurz und unkompliziert, sodass wir schnell ankamen. Neben mir hergehend, wirkte Marie wie abwesend in ihre eigene Welt vertieft und völlig in sich gekehrt, denn sie blickte nicht ein einziges Mal in meine Richtung. Auch ich ließ meine Gedanken wandern und fühlte plötzlich eine seltsame Vertrautheit mit diesem Ort. Die tragische Geschichte, die ihn umgab, ging mir tief unter die Haut, genau wie zuvor in der Stadt.

An der Aussichtsplattform, die sich auf dem Platz befand, angekommen, schien die Weite der Landchaft meine innere Leere noch zu vertiefen und die Traurigkeit weiter zu verstärken, ein Gefühl von tiefer, unendlicher Schwere, wie ich es in meinem ganzen Leben noch nicht wahrgenommen hatte. Sollte ich Marie davon erzählen?

Ich war mir da nicht so sicher. Wahrscheinlich würde sie mich für völlig verrückt halten, wenn ich ihr jetzt davon erzählte. Deshalb entschied ich mich, mein Gefühl vorerst für mich zu behalten. Seit unserer Ankunft hatte ich immer wieder den Eindruck, dass ich schon einmal dort gewesen war.

Für mich war alles möglich. Ich glaubte, dass Reinkarnation eine Tatsache sein konnte, daran, dass es nach dem Tod weiterging. Davon war ich über
zeugt.

Unmittelbar nach dem beschwerlichen Erklettern der steilen Bergtreppe erreichten wir gemeinsam endlich den höchsten Punkt. Ein kurzer Moment des Innehaltens, tiefes Durchatmen und ein erfrischender Schluck Wasser gaben uns neue Kraft. Kaum war alles erledigt blickten wir vom Gipfel des Berges hinab ins Tal. Heute sah man nichts als Äcker und Wiesen, aber man konnte sich ganz gut vorstellen, wie die blutige Schlacht damals ausgesehen haben musste und dass sie tragisch geendet hatte.

Marie schaute sich um und strahlte vor Glück. Wir hatten das Ziel unserer langen Reise erreicht, doch dann, ganz unerwartet, liefen ihr Tränen über ihr wunderhübsches Gesicht.

Mit mitfühlendem Blick wandte ich mich ihr zu und fragte besorgt: „Was ist los? Ist alles in Ordnung?"

Sie antwortete daraufhin: „Das sind nur Freudentränen, nichts als Freudentränen."

Ihr gerötetes Gesicht war von Tränen überströmt, und da ich es nicht ertragen konnte, sah ich mich gezwungen einzugreifen. Behutsam wischte ich sie mit meinen Fingern weg, bis ich an ihren Lippen ankam und der Drang, sie zu küssen, erneut unwiderstehlich wurde. Ich konnte und wollte mich nicht länger zurückhalten, also vereinten sich unsere Münder in einem Wimpernschlag.

Was dann geschah, war wie pure Magie, etwas, das ich nicht begreifen konnte! Es war, als würde sich ein Nebelschleier langsam lösen und die Sicht Stück für Stück klarer werden.

Und mein Inneres erwachte endlich aus einem tiefen Schlaf. Plötzlich kehrten alle Erinnerungen an mein vergangenes Leben zurück. An die Zeit, als ich ein deutscher Offizier war, der sich in eine französische Krankenschwester verliebte und die Schlacht von Waterloo überlebte.

Es war wie ein Film, der sich vor meinem inneren Auge abspielte. Ich sah Bilder aus einer längst vergangenen Epoche, von genau diesem Ort, an jenem Tag, als ich als Soldat mit meinen Kameraden in die Schlacht zog. Ein Teil unserer preußischen Truppe suchte damals Unterschlupf in einer verlassenen Scheune, um dort Schutz vor den Feinden zu finden. Unsere Gegner spürten uns auf und setzten die Scheune in Brand. Die Flammen fraßen sich gnadenlos durch das Holz und viele meiner Gefährten fanden darin den Tod. Ich hatte es gerade noch geschafft zu überleben, weil ich mich im letzten Augenblick aus dieser Hölle retten konnte.

Dank der Hilfe einer französischen Krankenschwester wurde ich in einem nahe-gelegenen Krankenlazarett gesund gepflegt und meine Brandverletzungen heilten durch ihre Fürsorge und ihren unermesslichen Einsatz sehr schnell. Während meines Aufenthaltes im Lazarett schossen die letzten Stunden der Schlacht mit voller Wucht durch mein Bewusstsein und ließen die Schrecken und Verluste erneut lebendig werden.

So sehr ich auch versuchte, nicht daran zu denken, wie viele Soldaten in der Schlacht ihr Leben verloren hatten, verfolgten mich dennoch die schlimmen Schreie meiner gefallenen Kameraden in meinen Gedanken. Auch die Schreie der verwundeten Soldaten ließen mich nicht los. Zahlreiche Männer, die im Militärhospital Zuflucht gesucht hatten, erlagen schließlich ihren schweren Verletzungen.

In der Phase meines Aufenthaltes war Amalia, die französische Krankenschwester, mein Fels in der Brandung. Sie half mir nicht nur körperlich mit den Verbänden, sondern erkannte auch meine seelischen Nöte und stand mir sofort zur Seite. Unsere Gespräche führten wir auf Englisch, da sie kein Deutsch sprach und ich kein Französisch beherrschte. Für die damalige Zeit war es eine Seltenheit, dass man sich mittels einer Fremdsprache verständigte.

Die Ruhe, die Amalia ausstrahlte und ihre respektvolle Art zu sprechen, hinterließen einen bleibenden Eindruck bei mir. Es erfüllte mich mit Dankbarkeit, dass sie sich nicht um meine Identität als Preuße kümmerte, obwohl sie selbst Französin war.

Schritt für Schritt näherten wir uns einander an, bis wir uns schließlich voller Hingabe und ohne Vorbehalte ineinander verliebten. Sobald meine Wunden geheilt waren und ich wieder halbwegs laufen konnte, fassten wir den Entschluss, ohne das

Einverständnis ihrer Eltern gemeinsam nach Brügge zu fliehen, um dort ein neues Leben zu beginnen.

In Brügge angekommen, heirateten wir kurz darauf. Ich überraschte sie mit einem romantischen Antrag auf einem Boot, umgeben von der lebhaften Atmosphäre eines Gewässers bei Nacht. Sie stimmte der Heirat sofort zu und nur wenige Wochen nachdem wir ein Haus am Hafen mit angeschlossenem Laden gekauft hatten, in dem ich nach dem Krieg als Kaufmann arbeitete, folgte unsere kirchliche Trauung.

Amalia trug ein wunderschönes weißes Kleid, worin sie wie ein Engel aussah. Nach unserer Hochzeit schenkte uns das Leben drei wundervolle Kinder, eine Tochter und zwei Söhne. Sie glichen alle mehr Amalia als mir und erfüllten unser Zuhause am Hafen von Brügge mit Freude und Lebendigkeit.

Sie setzte ihre Arbeit als Krankenschwester fort, während ich mich rund um die Uhr um unseren Laden kümmerte. Das Geschäft blühte auf und unser Erfolg ermöglichte es uns, finanziell unbeschwert zu leben. Das Leben, das wir zusammen führten, fühlte sich an, wie ein Märchen, doch dieses Märchen endete viel zu früh und blieb ohne Happy End.

Die letzten Bilder, die ich wahrnahm, waren die meines eigenen Todes. Ich sah mich selbst sterben. Ein Mann, anscheinend ein Ladendieb, stand vor unserem Geschäft und zielte mit einer geladenen Pistole direkt auf meine Brust. Es ging alles so schnell, dass ich nur Bruchstücke davon richtig wahrnahm.

Der Einbrecher feuerte drei Mal auf meine Brust und verschwand dann mit dem Diebesgut. Am Hafen brach ein Tumult aus, und viele Leute beobachten die Szene, die sich dort vor ihren Augen abspielte. Keiner kam mir zu Hilfe. So lag ich also dort am Hafen und verblutete innerlich. Meine letzten Gedanken galten meiner geliebten Ehefrau und unseren drei Kindern. Danach schloss ich die Augen und wusste, es war vorbei mit mir. –

Wie die Geschichte weiterging, lag im Dunkeln. Doch in diesem Moment durchströmte mich eine unerschütterliche Erkenntnis: Maries Seele war einst Amalia und ich war ihr Offizier Konrad, der sie von ganzem Herzen geliebt hatte!

Als hätten sich unsere Seelen erkannt und wieder zueinander gefunden. Wir waren nicht wie zwei Fremde, wir waren Teil eines Ganzen und jetzt ergab das alles auch einen Sinn.

Nun waren es meine Tränen, die wie ein stummer Fluss über mein Gesicht rannen. Ich kannte jetzt die Wahrheit über unser gemeinsames früheres Leben. Und ich wollte, dass unsere Geschichte in diesem Leben weiterging. Verwirrt suchte ihr Blick nach einer Antwort, doch ich konnte nur lächeln.

„Ich kenne jetzt die Wahrheit über uns", sagte ich leise und ließ meine Lippen ein weiteres Mal ihre berühren. „Eine Frage hätte ich da allerdings noch an dich: Wie ging es nach meinem Tod ohne deinen geliebten Konrad weiter?"

Sie schluckte und starrte mich mit weit aufgerissenen großen Augen an.

„Das ist eine lange Geschichte."

Daraufhin antwortete ich nur mit einem Lächeln im Gesicht: „Ich habe *Zeit*!"

Ich bedeutete ihr, sich auf die Plattform zu setzten, und sie begann zu erzählen.

Marie erzählt die Geschichte von Amalia zu Ende

Ich starrte ihn mit weit aufgerissenen Augen an. Hatte ich mich gerade etwa verhört? Konnte es wirklich wahr sein, dass er sich an sein früheres Leben als Konrad wieder erinnerte? Denn genau das war es, was ich schon immer gewollt hatte, nämlich, dass sein Innerstes erwachte. Jetzt war ich an der Reihe, ihm zu mitzuteilen, wie es nach seinem Tod weiterging.

Ich hatte ein bisschen Angst davor, es ihm zu erzählen, aber ich wollte, dass er die Verbindung, die wir miteinander hatten, besser verstand. Diese Liebe zwischen uns war keine Einbildung, sie war echt, und ich war mir sicher, dass er die tiefe Verbundenheit auch spürte.

Mit seinen Händen deutete Nick auf die Treppenstufen unterhalb der Plattform. Dorthin sollten wir uns beide setzten. Nachdem wir saßen und ich einmal tief Luft geholt hatte, begann ich, die Geschichte zu Ende zu erzählen. Was ich gut fand, war, dass er mir aufmerksam zuhörte und mich kein einziges Mal beim Reden unterbrach.

Ich fing dort an, wo der Attentäter ihn dreimal in die Brust schoss und er dann langsam auf dem Boden verblutete und nach einer gefühlten Ewigkeit die Augen schloss. Keiner kam zu Hilfe.

Nach der anstrengenden Arbeit des Tages und dem folgenden langen Fußmarsch erreichte ich endlich unser Haus am Hafen. Schon von Weitem bemerkte ich den Tumult, der sich vor unserem Laden gebildet hatte. Neugierig und zugleich beunruhigt fragte ich mich, was wohl geschehen war.

Als ich nähertrat und mich durch die Menge der Schaulustigen drängte, konnte ich schließlich sehen, was passiert war. Und in diesem Augenblick verlor ich endgültig die Beherrschung. Denn das, was ich sah, konnte nicht die Wirklichkeit sein.

Dort, auf dem Boden vor unserem Laden, lag reglos mein geliebter Ehemann und verblutete. Sofort ließ ich alle meine Sachen stehen, rannte zu Konrad hin und kniete mich nieder. Ich versuchte alles in meiner Macht Stehende zu tun, ihn wiederzubeleben, aber nichts half mehr. Er war wirklich tot.

Mit Tränen in den Augen schrie ich, rüttelte ihn, in der Hoffnung, dass er wieder aufwachen würde, aber nichts passierte. Keiner kam mir zu Hilfe, alle schauten nur zu, wie ein Mann, der von einer Frau von ganzem Herzen geliebt wurde in ihren Armen lag und starb. –

Die Zeit nach seinem Tod war für mich öde und leer, obwohl sich manche Menschen um uns kümmerten. Ich hatte einfach keine Idee, wie es nach seinem Tod ohne ihn weitergehen sollte, ja, ich wusste genau, dass ich ohne ihn nicht weiterleben konnte. Ich konnte mich ja nicht mehr so um unsere Kinder kümmern, wie es nötig gewesen wäre. Ich wusste tatsächlich nicht einmal, wie man lebt.

So reifte in mir der Entschluss, mich und meine Kinder zu töten. Ich fand Konrads Pistole in unserem Haus und erschoss zuerst nacheinander die Kinder, was mir ungeheuer schwer fiel. Dann setzte ich mich in Konrads verwaisten Sessel und richtete die Waffe gegen mich selbst. Während meiner furchtbaren Taten hoffte ich inständig, wir würden uns hernach alle wiedersehen.

Kurz darauf wurde um mich herum alles schwarz. …

Gegenwart Marie

Als ich mit dem Erzählen fertig war, starrte er mich einfach nur fassungslos an und schüttelte den Kopf. Ich konnte verstehen, dass er gerade seine Sprache verloren hatte und nicht reden konnte. Nachdem Nick nach ein paar Minuten des Schweigens seine Sprache wiedergefunden hatte, drehte er den Kopf zu mir, lächelte mich an und sagte: „Bei einer Sache hast du als Amalia im früheren Leben wirklich Recht gehabt."

„Womit habe ich Recht gehabt?", fragte ich ihn.

Nick antwortete: „Dass wir uns im nächsten Leben wieder begegnen werden und dass sich unsere Seelen wieder erinnern können. Amalia wusste schon früher: Du bist im Hier und Jetzt wieder die Liebe meines Lebens, daran wird sich nichts ändern, denn du bist mein Schicksal und was ich für dich empfand war von Anfang an die wahre Liebe."

Dann nahm Nick seine Hände, umfasste mein Gesicht und zog es näher an seins heran, sodass sich unsere Nasenspitzen berührten. Was danach folgte, konnte man wirklich ein Happy End nennen. Er lächelte mich mit seinem atemberaubenden Gesicht an und sagte zu mir: „Egal was auch kommen mag, wir bleiben zusammen, für immer und ewig."

Danach verlor ich mich in seinem Kuss. Dieser Kuss war wirklich magisch und durfte ewig so weitergehen, denn ich wusste, dass wir in diesem Leben wie in unserem vorherigen Leben füreinander geschaffen waren und nichts und niemand uns trennen würde.

Gegenwart Nick

Als sie die Geschichte zu Ende erzählt hatte, stand mir der Mund weit offen, denn ich konnte es einfach nicht glauben, was sie da von sich gab. Das, was wir in unserem vergangenen Leben erlebt hatten, war wie aus einer erfundenen Geschichte eines tragischen Liebesromans.

Nur dass es wirklich damals passiert war und wir die Hauptrollen in diesem Buch spielten, das konnte ich noch nicht ganz begreifen. Sie hatte ihr Leben und das unserer Kinder geopfert, damit wir im Jenseits und danach wieder vereint waren.

Nach einer gefühlten Ewigkeit des Nachdenkens begriff ich es endlich. Für mich bestand kein Zweifel mehr, dass es unsere Bestimmung war, wieder zusammenzufinden. Und dass wir jetzt genau dort oben auf der Aussichtsplattform standen und gemeinsam auf das Schlachtfeld schauten, konnte kein Zufall sein. Das Schicksal hatte uns zu diesem Ort geführt. Und als ich Marie genau jetzt, in diesem

Moment, lächelnd ansah, da wurde mir klar, dass ich der Mann an ihrer Seite sein wollte, bis zum bitteren Ende, und egal, was auch noch kommen mochte, wir würden das gemeinsam durchstehen, denn das, was uns verband, war die wahre Liebe, die wir füreinander empfanden.

ENDE